句集

妟

岩出くに男

文學の森

序

『晏』は岩出くに男さんの第一句集であり、平成二十一年から二十七年までの三八五句を収めてある。

　岩出さんは大変な読書家であり、特に中国の歴史書への造詣が深い。句集名の『晏』は、晏嬰《あんえい》の晏から頂いたという。晏嬰は中国春秋時代の斉《せい》の宰相であり、三代の君主に仕えた。晏嬰は司馬遷をして、もし晏嬰が今ここに居たら彼の御者になってでも仕えたいと言わせたほどの人物である。「晏」の字に岩出さんの思いが集約されている。また「晏」という漢字は「日」と「安らか」から成っていて、やすらぐの意味があり、おだやかな日、晴れの日、太陽が西に入って落ち着く夕暮れの意味もあわせ持つ。良い句集名にされたものと感心している。

岩出さんが「鳰の子」の句会を見学に来られた日のことを、私ははっきりと記憶している。控え目にではあるが質問するその内容に、俳句は初心者であるが、広く文学の教養を身につけている方であることが窺えた。

岩出さんは句会を体験し、すぐに「鳰の子」への入会の意思表示をされた。平成十九年九月のことであった。その後は毎月欠かさず句会に出席し、「鳰の子」句会のあとの二次会は喫茶店でのコーヒータイムなのであるが、この喫茶店での語らいで岩出さんのお人柄や知識の広さ深さを知ることとなった。

岩出さんは俳句を始める以前に、大阪文学学校の小説クラスに五年間在籍していたということで、本を読むことと文章を書くことは何より好きであるという。頼もしい人が入会してくれたことを、私はひそかに喜んだ。

桜桃忌青春の日の苦き澱

修司の忌マッチ擦ること稀となり

ほろ苦き蹉跌の軌跡啄木忌

沙翁読み疲れた頃や虫の声

司馬遷になじみ燈火に親しめり

挫けざる蘇武の心根虎落笛

病葉の一枚浮かぶ汨《べき》羅《ら》江《こう》

青春時代に、太宰治の小説に傾倒した時期があると聞いた。青春時代というのは本人にとってある意味残酷な時期で、苦悩や挫折などを経験し乗り越えなければならない。その残滓が桜桃忌の句を詠むときよみがえってきた。まさに「苦き澱」なのだろう。

忌日俳句は、その人物の人生や作品を深く理解していることが前提であるが、司馬遷や蘇武、屈原の投身した汨羅江など、中国の歴史上の人物や事件も句に詠むことに挑戦している。これらの句も岩出さんの真面目を発揮した作品といえる。

五線譜を引いてやりたし蝌蚪の国
言訳はくさめ一つですませけり
火の色の金魚かろやか水の中
コスモスの揺るるは人を呼ぶ仕種
手繰られることを待つかに烏瓜
象の耳ぱたぱた春を知らせをり

歴史を踏まえた硬い句が並ぶ中で、少年のような初々しい素直な句も目をひく。蝌蚪の群に五線譜を引いてやれば、水の中から音楽が湧きあがるのではないかと思わせる楽しい句。

朱色の金魚が泳ぐ姿を、火の色がかろやかと表わす感性の柔らかさ。

コスモスの揺れやすさに人を呼ぶ仕種を見てとったりする。

蔓を引いて、手に取って欲しげに赤く色づいた烏瓜に心を寄せる。象の耳がぱたぱた動くのを、春がきたことを知らせているのだという感じ取り方などは、詩の世界に心を遊ばせている作者の余裕まで感じさせている。

言い訳のかわりのくさめとはなんとも諧謔味があふれ、岩出さんの別の一面をうかがわせる。

ときをりは早業もみせ山椒魚
山椒魚つらつらみるに几帳面
伸びながら明るさまとふ今年竹
存問の手土産とせり栗ごはん
ちやんちやんこ頑迷固陋抜けてゐず
新入りの独り伸び伸び花筵

明るくて飄逸な句も多く詠まれていて、変化に富んだ句集で読者を惹きつける。

枚岡神社粥占神事

神事待つ社殿寒気に貫かれ

火起こしが神事の始め粥占

大阪天満宮

鷽替や老若男女渦となる

下鴨神社

京舞妓そつと押しやる流し雛

伏見稲荷御田植神事

苗束を配り御田植とどのひぬ

読書好きで外出嫌いで、ましてや観光地や行事にはまったく興味がなかった岩出さんが吟行のおもしろさに気づき、俳句の季語となる行事にせっせと出掛けるようになったという。本人も自身の変化にとても驚いている。

東大阪市の枚岡神社の粥占神事などは、寒中の早朝、手も足も凍えそうな境内で何時間も立ちつくし、火起こしからはじまる神事に目を凝らした。京都下鴨神社の流し雛には、京都らしい舞妓の様子や十二単姿に目をとめた。

鷽替の人の渦の中で我を忘れて鷽の札をとり替えた事など、俳句の魅力は出不精の者を一変させる力があると語っていた。

星ひとつ飛んで子犬の命消ゆ
流れ星小さな勇気拾ふ夜
落鮎のすべてを捨てて流れけり
一心に色極めたる冬紅葉
亡き人の伝言をもち綿虫来

岩出さんは滅びてゆくものや弱くて小さなものを、いとおしみ哀れみ、心を寄せて詠むことも忘れない。

狼の絶えて人の世乱れけり
悴めり人貶める声聞けば
地球儀の火照る暑さや戦火なほ
二毛作忘れし田にも燕来る

岩出さんはものごとの表層ではない深遠な道理を察知し、叡智からみちびきだされた句も多い。

かつて怖ろしいものの代表であった狼も日本で絶滅して久しい。怖れおののくものが無くなったことで人間が傲慢になり、人の世がかえって乱れてきたのだという。

人を貶める声に心も体も悴んでしまう。

暑い日の地球儀から戦火に苦しむ国々を思う。

世の中が変わり、二毛作という言葉さえ忘れそうな田にも季節が来ればやって来る燕たち。豊かな田畑をこつこつと守ってきた勤勉さを思いやる。

岩出さんは、晴れがましいことには一歩退いてしまう含羞の人である。矜持は胸の奥にしまっている。常に周囲の人を引き立てて自分は脇役であろうとしているが、周りから推されて知らず知らず中心的な役割の人となるタイプである。「鳰の子」の編集長として結社を支えてくれ、編集部の後輩たちからとても慕われて、なくてはならない人である。

今後の岩出さんには『晏』の上梓をステップとして、句境をさらに深め、第二句集を目指して頂きたいと願っている。

平成二十八年三月

柴田多鶴子

句集　晏——目次

装丁　クリエイティブ・コンセプト

句集　晏

あん

春望

深夜まで黒澤映画寒昴

好好爺ならず反骨着ぶくれて

踏青や杜甫の「春望」しのびつつ

平等が唯一の掟蝌蚪の国

五線譜を引いてやりたし蝌蚪の国

坊ちゃんと子規に会ふ旅のどけしや

子規庵を出でし二人に春夕焼

子規と虚子育ちし町や春惜しむ

ひそやかな世代交代夏落葉

心地よき敬語の響き風薫る

桜桃忌青春の日の苦き澱

秋出水たちまち堰を滝となす

フェミニスト一人になれば秋思かな

着ぶくれて浮世の義理を聞き流す

人恋し返り花にもあるこころ

悪妻もときによきもの漱石忌

ささやかな贅沢もよしクリスマス
言訳はくさめ一つですませけり

客膳の一品として冬菜摘む

それらしき内緒話や狸汁

諍へるごとき声なり年の暮

おでん酒妄言虚言とめどなく

虎落笛物の怪をよぶ兆しかと
賀状書くいの一番は恩師宛

修司の忌

瘦せ我慢つらぬきとほし寒に入る

縁側の日を集めたり福寿草

寒猿や限界半島日の目なし

短命を嘆くにあらず実朝忌

探梅やいつしか峠越えてをり

池の鯉吐きだす春の泡ひとつ

買ひ求む古書そのままに二月尽

自転車のスポーク光り春兆す

下萌の密やかなれど逞しく

荊《けい》軻《か》発つ易水の岸冴返る

せせらぎに寄らず離れず青き踏む
ルカ伝に惹かれる言葉あたたかし

揚雲雀天にも地にも声とどく

ロブノール干上がり黄砂降りにけり

故郷の山は笑ふと手紙来る

『ローマ人の物語』読む春灯

桃源に住まふ心地や春の夢

蛇出でて世知辛き世に入りけり

二毛作忘れし田にも燕来る

管鮑の交はりのごと桜草

春風は大仏様の息ならん

囀りをBGMに二人座す

国宝の城は桜を従へて
天守閣さえぎるもののなくて春

春の午後水琴窟に愁ひあり

賢人の姿もなくて竹の秋

雨の日の頭重たきチューリップ

昂りの反芻もあり花疲れ

春や春甥の門出の夢結ぶ
つばくらめよき知らせをば運び来る

修司の忌マッチ擦ること稀となり

俳聖の生地の庵や若楓

少女らの素足まぶしく五月来る

老眼鏡さがしあぐねて麦の秋

捩花や生くるに少し疲れあり

日は西にむせかへる村麦の秋

コロポックル蛍袋はかくれ宿

白壁の残る鍵屋の薄暑かな

光秀の首塚にあり苔の花

夏落葉掃く人もなき社かな

ほうたるの闇の衣をまとひつつ

競ふなど念頭になき蝸牛

洞窟《がま》の闇何も応へず沖縄忌

幾何学を極めて蜘蛛は囲を拡げ

火の色の金魚かろやか水の中
一匹となりてくつろぐ金魚かな

烏瓜咲いて一夜の宴かな

滝見茶屋までせまりくる水の音

女滝とは親しみこめていふ名前
辻回し鉾と人波ともに揺れ

淡き夢ばかり過ぎゆく籠枕
剃刀の切れ味さえる今朝の秋

天の川賢治の夢のまたたきぬ

星ひとつ飛んで子犬の命消ゆ

流れ星小さな勇気拾ふ夜

月といふ陪塚をもつ水の星

語り部は皆老いたるや敗戦日

握り飯二つの昼餉敗戦日

コスモスの揺るるは人を呼ぶ仕種

飛び石の幅意に添はず秋暑し

蟷螂の顔はピカソの絵になりぬ

沙翁読み疲れた頃や虫の声

幼子に語る小道具猫じやらし

雌伏せし時知られざる彼岸花

仲秋や物みな影をふかめをり

木槿咲く奥の細道結びの地

兄逝くを待ちて咲きたる彼岸花

兄死すやそぼ降る雨の秋彼岸

忘れたる言葉ひよつこり鰯雲

穴まどひ吾が菜園の主たらむ

万葉も古今もありて夜長かな

妻短歌われは俳句の夜長かな

竜渕に潜みて水の嵩あがる

落鮎のすべてを捨てて流れけり

白萩をただ見てをりぬ白毫寺

奈良の宿朝は茶粥と柿一つ

親しむや十日の菊に我を見て
菊の香にほだされ一駅歩きけり

鮮やかな色に用心毒茸

看板に原種と書かれ藤袴

秋の日の届かぬ奥に釈迦三尊

沈黙を守る文塚暮の秋

不器用に生きて古稀越ゆ破芭蕉

晩秋や人皆偉く見えるとき

天狗党終焉の地やうそ寒し

山姥もコロポックルも霧の中

手繰られることを待つかに烏瓜

三猿に心ひかれし冬隣

声高に正義語るな開戦日

炬燵出る心に気合かけながら

財なくもゆたかな気分小六月

神官も巫女も変らず神の留守

一心に色極めたる冬紅葉
ともすれば心痩せくる冬の日々

三面の記事賑はひて近松忌
枯れ菊の意志の残れる香りかな

まだ書けぬ手紙一通日短

ちやんちやんこ頑迷固陋抜けてゐず

手袋を嵌めるは決断したしるし

天下人植ゑし榧の木冬うらら

散る紅葉残る紅葉を促せり
クリスマスキャロルも若き日の思ひ

立ち止まり讃美歌を聴く聖夜かな

裸木となりても古墳守りをり

水音をひそめて山の眠りかな

熱燗につい本音などもらしけり

忘れ物したる心地の師走かな

数へ日や確かめ直す手帳メモ

粥占

生きてゐること寿げや大旦

七種や椀に満ちたる野の香り

月冴ゆる街に人影絶えしとき
朴訥な男ありけり竜の玉

くすりとはいへど寒九の水かたし

枚岡神社粥占神事　四句

神事待つ社殿寒気に貫かれ

火起こしが神事の始め粥占

杜いぶすかに煙り出す粥占

占竹と占木ありて粥占

三寒の煙ゆるがず昇りけり

狼の絶えて人の世乱れけり

大阪天満宮　二句

鶯替や老若男女渦となる

鶯替のはねてうどんで暖をとる

鳥の声伸びやかにして春立てり

包丁の刃先の光り冴返る
象の耳ぱたぱた春を知らせをり

鳥の声やはらかくなる二月かな

名園の松の枝ぶり春日差し

一人逝き一人生まれて草萌ゆる

春一番心のたがを締めなほす

春一番犬小屋の向き替へてやり

汗血馬駆けたるゆゑの黄砂かな

椿落ちギリシャ悲劇の始まりぬ

年とらぬ雛の顔も古びたり

笛太鼓我に聞えぬ雛の歌

バスを待つことの楽しき木の芽時

下鴨神社　四句

京舞妓そっと押しやる流し雛

古の十二単で雛流す

ゆつたりと進む神事や流し雛

御手洗の川にたゆたふ流し雛

楊貴妃の観音もあり涅槃寺

御《み》寺《てら》では菊の幕張る涅槃の日

涅槃図に猫の居りたる御寺かな

孫悟空大暴れして黄砂降る

三月二十一日　福島より大阪へ避難されていた木野成子氏永眠、追悼　二句

鉦の音に送られ逝くや春の暮

君逝くや白木蓮の精を受け

あたたかや産着の中の嬰の笑み

江戸古地図広げながらの桜餅

春愁や『漢書』一巻見当たらず

饒舌な男黙れと亀の鳴く

春光やステンドグラス色滲む

抗はぬことが信条糸柳

輪唱のごと囀りの切れ目なし

小賢しき能率談義目借時

海岸の砂足裏にうららけし
のどけしやスイッチバックする電車

鏝のごと鍬を使ひて畦を塗る

新入りの独り伸び伸び花筵

椰子の実はなき浜なれど春の波

春眠はむさぼるものとおぼえたり

竹の子の先のとがりに力満つ
更衣少女は羽化を待ちゐたり

暮るること忘れたやうな麦の秋

アメリカにて　三句

蜂鳥と地りすに遇ふや加州初夏

海の色ことさらなりし加州夏

薫風や丘の上なるワイナリー

旅衣乾かぬままの走り梅雨

筆まめな妻への土産落し文

野薊を残して草の刈られけり

水馬四肢ふんばりて水を押す

伏見稲荷御田植神事　三句

苗束を配り御田植ととのひぬ

代掻きを終へ神事待つ神田かな

神事待つ田に青鷺の舞ひ降りぬ

無言館黙の重さや五月闇

青梅雨や傘の雫も色をおび

日の燦燦洞窟《がま》に闇あり沖縄忌

あるかなきかの風教へ小判草

畔草を刈り稲の足顕はるる

立ち入りの禁止看板蛇犯す

山椒魚つらつらみるに几帳面

はんざきの泰然自若悟り顔
サングラス追従口を聞き流す

初恋の遠き想ひや落し文

万緑の中浮き立つや磨崖仏

甚平や熱き議論の好きな奴

何よりも瀬音が馳走川床料理

詩心をひとつ抱へて泉殿

大阪万博記念公園にて蓮の酒を頂く　四句

長寿粥いただく朝や鯉涼し

象鼻杯たのしむ朝や蓮の花

池の面へやさしき日陰合歓の花

朝まだき蓮の花より明け初めし

両岸に松従へて川涼し

寡黙なる父の背中や鷗外忌

端居して七賢人の想ひかな

手花火の消え嬌声は闇の中

古里や友と語らふ橋涼み

故郷の山ありがたき夕端居

リバイバル映画に酔ひしパリー祭

反抗期過ぎたる息子浮いて来い

故郷の村の名消えて夏終はる

病葉の一枚浮かぶ汨羅江《べきらこう》

七月二十日　小豆島・尾崎放哉の生家を訪ねるツアー　三句

放哉を語るガイドの玉の汗

放浪は人の性なり夏の蝶

放哉の井戸水涼し南郷庵

夏草や皇子の墓ある山の影

そばにある聖書が遠き餓鬼忌かな

河童忌や階段一つ踏み外す

江口の君堂にて

君堂の良き枝ぶりの木々涼し

手柄杓の水にも秋の匂ひあり

流星や無言無音を貫きぬ

核といふパンドラの箱藪枯らし

散りて咲く芙蓉は日々に新しく

ユダ惑ふ芙蓉の花を見し日から
エンゼルの微笑む時を秋といふ

芋虫の特技健啖ただ一つ

明るさと健啖愛す子規忌かな

北田隆子氏追悼

一輪の菊に託さん安かれと

享年を見れば冷まじ無言館

未知の部屋捜すごとくに胡桃割る

紅葉且つ散り赤心の志士の墓

ことごとく刈田となりて空広し

河童にも会へる気のする崩れ簗

鴨の陣攻めることなく墨守のみ

浮寝鳥この世の迷ひ忘れをり

七福神

七福神めぐる七人軽やかに
みちのくへ憚るものに御慶かな

語り部の碑のある社春めけり

店先に御殿雛ある城下町

早春の兆し和菓子の色にまで
梅林の鳥に優しく人にまた

白梅の蕊たをやかに茶筅めく

青空に天守かがやき春亭午

死はときに生より強し利休の忌

チューリップ好きな人みな楽天家

暮れ残るもののひとつに雪柳

書写山頂樒の花に迎へらる

島々を浮かすごとくに春がすみ

ゴムまりの高く弾んで風五月

雛罌粟の揺るるは項羽偲ぶ故

伸びながら明るさまとふ今年竹

勇歌碑大山蓮華咲く庭に
旅人と共に潜らん茅の輪かな

ナナハンの男紫陽花見てゐたり

鐘の音聞き蟻地獄ひつそりと

浮かびきて金魚とわかる濁り水

千枚田みな潤して梅雨明くる

やはらかき浪速言葉や谷崎忌

甚平着て気は七賢の心持ち

地の塩になれぬ男や冷奴

卓上の挿花枯れたる原爆忌

手も足も会話するなり阿波踊り

高野山にて　二句

女人堂木洩れ日揺れて風は秋

爽やかや高野七口人もなし

決め事を延ばしのばして穴まどひ

新しき歳時記求む竹の春

捨舟をやさしく霧の包みたり

柴栗を拾ふ獣に先んじて
存問の手土産とせり栗ごはん

落鮎の竜宮まではとどかざり

亡き友に見紛ふ人や秋の暮

ひとかどの庭師のさまに松手入

露寒や汚染土壌の行き場なし

綿虫や人なつかしき夕まぐれ

亡き人の伝言をもち綿虫来

漢みな胸に木枯し抱きをり

木枯しに吹かれ訃報の舞ひ込みぬ

冬ざるる川原の小石踏む音も

三輪神社注連縄作り見学　三句

声あはせ心をあはせ注連を綯ふ

全身に藁屑浴びて注連を綯ふ

大注連を作る手順書貼りつけて

意に添はぬことごとあれど年の暮

三猿を決め込みゐても大嘘

煤逃げや鞄の中は聖書のみ

懐手してゐて自信なかりけり

屈原にさせてやりたや日向ぼこ

山椒魚

古き良き正月想ふ三日かな

孟嘗君鶏鳴狗盗裘

はじめての釣果は鮃やみつきに
悴みぬ大声あげしそののちは

僻事をしばし忘れて梅日和

百歳を三度経し梅蕾みたる

一人より二人がよけれ春の午後

茎立ちや晩学といふ船出あり

鶯餅目でも口でも賞味せり

大淀の流れたゆたふ遅日かな

大いなる意志こそ良けれ松の芯
散りきつて思惟の時なる桜かな

鎌を研ぐ間も惜しみけり草刈女

翡翠の一撃池のしまりたる

在りし日の父に似てきし端居かな

信貴生駒踏み従へて雲の峰

篩しめよ土用太郎の句会へと

ときをりは早業もみせ山椒魚

とどかざる願ひいつまで原爆忌

露けしや耳順すぎてもまだ惑ひ

仮の世と知りて蓑虫風まかせ

司馬遷になじみ燈火に親しめり

秋風や垓下に瞑《ねむ》る虞の上に

もののけの遊ぶ野となり末枯るる

ルビコンを渡る決断鷹渡る

杣径に水の滲みて冬に入る

挫けざる蘇武の心根虎落笛

咲くまでは待てぬフレームみな蕾

左党なれば酢牡蠣をよしとせり

霜の夜は声なき声に耳をかす

聖夜劇星役の子はうとうとと

聖夜劇神父も役をもたさるる

地球儀

悴めり人貶める声聞けば
和菓子屋の色はほのかに春隣

人も木も草もけものも春待てり

大望といふ意思のあり菜の花忌

泣くことに大義のありし涅槃絵図

除染なほ進まぬままに雑木の芽

生も死も虚実皮膜の春の宵

蛇衣を脱ぐたび生くる術増せり

青春の香りと黴の匂ふ書架

地球儀の火照る暑さや戦火なほ

孑孒や生き様変へる術もなし

正座みないつしか崩し冷奴

傾きし日に力ある残暑かな

新涼や青き表紙の新刊書

義仲寺の手強き秋の蚊に会ひぬ

萩咲くや巴の塚を飾らんと

みなし栗あまたと聞きぬ一揆の地

鉄木真《テムジン》を乗せる夢見て馬肥ゆる

ささくれは心にもありうそ寒し

湖北には美男の仏かいつぶり

霜柱平和憲法崩れさう

逃水

元旦や昨日の顔は遠き過去

風花や青春といふ不確かさ

綿虫に遇ひ放浪のはじまりぬ

重力を消す術もつや雪蛍

繰り言を知るマフラーを今日もして

クリオネといふ供をつれ流氷来

末つ子も嫁に行くとや桃の花

涅槃図の黙の中にもある悲鳴

竜天に登り少年眉を上ぐ

少年の大志をのせて揚雲雀

そよ風をうけ菜の花は蝶と化す

蒙古斑いつしか消えて茎立てる

画学生自画像かかへ卒業す

器量よき猫の子すぐに貰はれて

のどけしや猫は日向で毛づくろひ

逃水といふ不可解を追ひつづけ

預言者はデラシネとなり鳥雲に

ほろ苦き蹉跌の軌跡啄木忌

原種みな素朴なかたち額の花

火は水を水は火を請ひ蛍の夜

時の日や被災地の時止まりたる

外見の見めよき男梅雨茸

故郷はよきもの多し鮎の香も
噴水の昇りつめたる軽さかな

朝顔や女系家族のたくましく

義人らの墓を抱きて秋の山

はちすの実跳び終へし黙深かりき

手を挙げて渡る歩道や鳥渡る

鳥渡る南都北嶺空の道

風が澄み水澄み深くなるこころ

青年の迷ひは進歩　漱石忌

句集　晏　畢

あとがき

文学と日本の歴史が好きでいつも本を読んでいた。亡くなった兄の影響かもしれない。陳舜臣氏の作品を通じて中国の歴史にも興味を持つようになった。中国の歴史について知ろうとすると、自然『史記』の世界にはいりこむ。中国歴史の雄大さに圧倒されながら多くのことを学んだ。中国の春秋時代は、冷戦時代の世界に似ていると感じ、リアルな世界を楽しむように古代中国史を楽しんでいた。

退職後も中国歴史の講座に通ったり、旅行記を纏めたりしていたが、ある日句会なるものに顔をだした。俳句との出会いも本の影響である。夏目漱石が好きで、漱石と子規の関係から俳句にも漠然と興味があった。

句会を覗いてみると、似たような年齢の人々が楽しそうにされていることに引かれ、通うようになった。これが、「鳰の子」と柴田多鶴子主宰との出会いであった。

少し慣れてくると、自分なりの句が作りたくなる。中国の歴史からの句で〈易水にねぶか流るる寒さかな　蕪村〉という句を知り、死ぬまでにこんな句をひとつでよいから作っておきたいと思っている。

この度、句集として纏めることとなり、柴田主宰に選句して戴いた。ご多用のなか大変な労力と忍耐をかけていただき、深く感謝申し上げる。また、多くの苦労をかけてきた妻にも多いに感謝している。

最後に、編集にあたりいろいろとご配慮いただいた「文學の森」のスタッフの皆様に心から御礼を申し上げる。

二〇一六年三月

岩出くに男

著者略歴

岩出くに男（いわで・くにお）

1939年　兵庫県に生まれる
2007年　「鳰の子」俳句会に入会、柴田多鶴子に師事
2011年　「鳰の子」創刊同人
2015年　第１回鳰の子賞準大賞受賞

現　在　俳人協会会員・大阪俳人クラブ会員
　　　　高槻市俳句連盟編集部長・「鳰の子」編集長

現住所　〒569-1031　大阪府高槻市松が丘2-3-17

句集

晏《あん》

発　行　平成二十八年五月十五日
著　者　岩出くに男
発行者　大山基利
発行所　株式会社　文學の森
〒一六九-〇〇七五
東京都新宿区高田馬場二-一-二　田島ビル八階
tel 03-5292-9188　fax 03-5292-9199
e-mail mori@bungak.com
ホームページ http://www.bungak.com
印刷・製本　潮　貞男

ISBN978-4-86438-535-0　C0092